Ein neues Zuhause für Joschi!

Christel Löber

Ein neues Zuhause

für Joschi !

Bibliografische Information der Deutschen Nationalbibliothek:
Die Deutsche Nationalbibliothek verzeichnet diese Publikation in der Deutschen
Nationalbibliografie; detaillierte bibliografische Daten sind im Internet über
< http://dnb.d-nb.de > abrufbar.

.

© 2006 Christel Löber

Satz, Umschlagdesign, Herstellung und Verlag: Books on Demand GmbH, Norderstedt
ISBN-10: 3-8334-6611-1
ISBN-13: 978-3-8334-6611-3

Zuerst möchte ich mich euch mal vorstellen. Ich bin Joschi, ein sieben Jahre alter Parson-Jack-Russel-Rüde.

Eigentlich habe ich ja einen Stammbaum, aber Standesdünkel liegt mir nicht.
Heute erzähle ich euch, wie ich zu meinem neuen Zuhause gekommen bin.

Alles fing damit an, dass mein Frauchen, welches mich mit der Flasche großzog, nun weniger Zeit für mich hatte.
Gismo, der siebenjährige Rüde, der ebenfalls mit mir und Frauchen in einer Mietwohnung lebte, wurde immer knurriger, wenn ich mit ihm spielen wollte.

Sie meinte deshalb, sie müsse mir ein neues Zuhause suchen.

WUFF, WUFF, ich bekam schreckliche Angst. Ein neues Zuhause! Ein anderes Frauchen und Herrchen! Ich war damals gerade mal ein Jahr alt.

Ein Monat später war es dann so weit, mein Frauchen hatte jemanden gefunden, der mich kaufen wollte.

Inzwischen hatte ich mir schon überlegt, wie ich feststellen könnte, ob es liebe Menschen sind oder nicht. Bei Frauchens hatte ich ja keine Probleme, die wickelte ich um die Pfote, aber Herrchens?

WUFF, WUFF, ich weiß, was ich tue! Ich hüpfe an meinem neuen Herrchen hoch, wenn er mich wegstößt, weiß ich, mit dem ist nicht gut Kirschen essen, aber streichelt er mich, wird alles gut.

Der Tag war da! Es klingelte an der Tür, WUFF, WUFF, jetzt war ich doch sehr, sehr traurig, musste ich wirklich meine alte Umgebung, Frauchen und Gismo verlassen?

Ach egal, ich rannte zur Tür. Da standen sie nun, Frauchen sah ja ganz nett aus, aber Herrchen?

Ich probier mal aus, was ich mir überlegt habe. Siehe da er streichelt mich und ist ganz lieb zu mir. Frauchen hatte prima Leckerli mitgebracht.

Sieht so aus, als wenn mein neues Zuhause doch ganz schön würde. So jung wie ich noch war, kam die Abenteuerlust langsam bei mir durch. Ich war furchtbar neugierig.

Ich hörte, wie sich die Menschen über mich unterhielten. Sie haben also zwei erwachsene Kinder, Tochter und Sohn, na das kann ja heiter werden! Ich habe dann zwei Frauchen und zwei Herrchen, WUFF, WUFF!!

Es wurde abgemacht, dass sie mich am nächsten Vormittag abholen kommen.

Diese letzte Nacht mit Gismo und meinem alten Frauchen werde ich mein ganzes Leben nicht vergessen. Zwischen Traurigkeit, Neugier, Abenteuerlust und natürlich auch sehr großer Angst, hin und her gerissen, kam ich nicht zur Ruhe und war fast die ganze Nacht wach.

Als es morgens klingelte und mein Frauchen öffnete, stand ein Riese vor der Tür, oh je, oh je, ich muss meinen Kopf ganz weit zurücklegen, um ihn zu sehen. Das war also der Sohn meiner neuen Familie, wieder kam mir meine Überlegung zu Hilfe. Ich hüpfte an ihm hoch und siehe da, er streichelte mich und wollte mich gar nicht wieder loslassen.

Meine neue Familie war mit dem Auto da, meinem alten Frauchen standen jetzt doch die Tränen in den Augen. Sie gab mir noch schnell mein Körbchen, die Spielsachen und die Wolldecke mit und meinte, ich würde mich dann schneller eingewöhnen.

Ich wurde angeleint und wir gingen die Treppe herunter und aus dem Haus, in dem ich aufgewachsen bin. Wir standen vor dem Auto, die Autotür wurde aufgemacht und ich sprang auf den Rücksitz und neben mir saß der Riese, WUFF, WUFF!!

Die Fahrt ging los, ich schaute aus dem Fenster und meiner alten Heimat nach. Was werden Frauchen und Gismo jetzt wohl ohne mich machen?
Wird es mir auch gut gehen in der neuen Heimat und ganz wichtig bekomme ich auch immer genug zu fressen?

WUFF, WUFF, WUFF!

Ich saß jetzt ganz still in der Ecke und war gespannt, was noch alles auf mich zukommt.

Endlich war die Fahrt zu Ende! Jetzt klopfte mein Herz ganz laut, WUFF, WUFF! Ich wurde wieder angeleint und sprang aus dem Auto. Mein neues Frauchen schloss das Hoftor auf und ich riskierte einen ersten Blick auf mein neues Heim. Wir gingen weiter hinein und man zeigte mir den Garten. Da ist ein großer Teich, WUFF, WUFF, WUFF!

Ist das vielleicht schön hier! Ich kann prima herumtoben.
Na jetzt war ich aber gespannt, wie es im Haus aussieht, denn da gingen wir jetzt hinein. Ich rannte zuerst mal in die Küche, da standen schon ein Napf und Wasser für mich bereit.

Na war doch bis jetzt alles hervorragend! Ich habe nun sehr viel Platz, um zu toben. Mein neues Frauchen ging ins nächste Zimmer, da steht ein großes Sofa, dort setzte sie sich hin. Ich nicht faul, hüpfte auch aufs Sofa und kuschelte mich an sie. 1:0 für mich, sie streichelte mich! Also aufs Sofa durfte ich schon mal, gut zu Wissen!

So jetzt knurrte mir langsam der Magen, ich hatte Hunger WUFF, WUFF!

Mein Frauchen muss mich gut verstehen, denn sie meinte „Nun ist es Zeit, Joschi, für deine erste Mahlzeit" und machte mir was zu fressen.

Als sie den Napf hinstellte, ging ich ganz langsam hin und schnupperte. Na mal sehen, wie das Fressen ist. Ich probierte und es schmeckte lecker. Ich machte mich über das Futter her und ließ keinen Krümel drinnen.

WUFF, WUFF, jetzt war ich satt! Ich legte mich auf das Sofa und döste vor mich hin. Sie ließen mich auch erst mal in Ruhe.

Also eigentlich konnte ich bis jetzt ganz zufrieden sein. Sah so aus, als wenn ich es gut getroffen hätte.

Nach einiger Zeit rief mich der Riese und meinte:
„Auf Joschi, wir gehen Gassi!" Ich wurde angeleint und wir
gingen aus dem Haus und vor das Hoftor. Jetzt schnupperte
ich erst einmal die Umgebung ab. Vor allem immer schön mar-
kieren, denn ich bin ja ein Rüde.

Oh was waren das für Düfte, da waren ja schon viele Hunde
vor mir da. Ich nahm die Schnauze nach unten und schon ging
es immer am Boden entlang, bis mich mein zweites Herrchen
zurückzog, leider.

WUFF, WUFF! Daheim angekommen, wischte mir Frauchen
erst mal die Pfoten ab, dann machte ich es mir bei ihr auf dem
Sofa gemütlich, WUFF, WUFF!

Insgesamt gingen wir zweimal Gassi. Die Tochter war leider noch im Urlaub und konnte mich noch nicht begrüßen.

Aber jetzt kam die Nacht! Wie würde Frauchen wohl reagieren, wenn ich in ihr Bett hüpfen will?
Bei meinem „alten Frauchen" durfte ich im Bett schlafen. Na ja, ich als Terrier-Rüde, der jedes weibliche Wesen um die Pfote wickeln kann, werde das ja wohl schaffen, WUFF, WUFF!

Denkste! Es wurde eine Zerreißprobe. Ich probierte auf ihr Bett zu hüpfen. Schon ging der Zeigefinger hoch, halt! Joschi, im Bett hast du nichts zu suchen! Geh in dein Körbchen! WUFF, WUFF ich und ins Körbchen, na ja die Nacht war ja noch lang.

Doch alles, was ich probierte, hatte keinen Erfolg. Ich gab Pfötchen, leckte ihr die Finger ab.
Legte mich vor ihr Bett und sah sie ganz traurig an. Doch sie blieb hart und ich wurde langsam immer müder, denn ich hatte ja letzte Nacht schon nicht gut geschlafen.

Ich ging mit hängendem Kopf in mein Körbchen, das zum Glück im Schlafzimmer steht.

Das darf doch nicht wahr sein, ich als Terrier hatte doch wirklich den Machtkampf verloren, WUFF, WUFF!

Ja das war also mein erster Tag in der neuen Heimat.

In den folgenden Tagen stellte sich langsam ein Tagesablauf ein. Morgens um 6:30 Uhr Gassi gehen mit meinem zweiten Herrchen und dann beeile ich mich, dass ich in die Küche komme, denn da liegt schon ein Würstchen für mich bereit. Lecker, lecker, WUFF, WUFF!

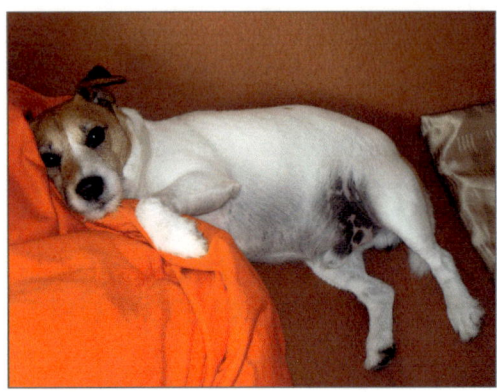

Gegen 8:00 Uhr sind dann alle weg, auf der Arbeit. Ich schlaf dann ein paar Stunden.

Wo, kann ich mir aussuchen, außer im Schlafzimmer, da ist leider die Türe zu. Sonst würde ich ja doch mal ins Bett hüpfen.

Um die Mittagszeit kommt Frauchen nach Hause, da freue ich mich riesig, denn da gibt es was zu fressen und wir gehen anschließend Gassi.

Bei meinen täglichen Spaziergängen lerne ich auch viele neue Hunde kennen:

Bonny   Kira   Bodo

Menu   Bello   Ayca

Sem   Tommy

und viele mehr, aber am liebsten spiele ich mit Rina, das ist eine Schäferhündin.

Mittlerweile weiß ich auch, wann Herrchen nach Hause kommt, ich höre sein Auto und renne bellend zur Haustür. Mein Frauchen macht dann auf und ich kann ihn begrüßen.

Mit unserem Riesen (zweites Herrchen) spiele ich auch sehr gerne, wir gehen dann in den schönen großen Garten und dort kann ich mich richtig austoben.

Dann war es so weit, mein zweites Frauchen kam von ihrer Reise zurück.

Es klingelte, die Türe wurde aufgemacht und vor mir stand ein mittelgroßes, braun gebranntes Mädchen. Ich ging gleich auf sie zu und sie streichelte mich und rief meinen Namen.

Also die ist auch lieb zu mir, die ganze Familie ist also o. k.

Die Zeit verging und ich fühlte mich richtig wohl bei meiner neuen Familie.

Im Sommer kam Herrchen vom Einkaufen mit einem Swimmingpool für mich zurück. Das war vielleicht toll! Er stellte ihn auf und füllte ihn mit Wasser. Da durfte ich hineinspringen, WUFF, WUFF!

Das war eine Gaudi, immer wenn es mir zu heiß wurde, sprang ich ins Wasser und konnte mich so abkühlen. Ich fühlte mich sauwohl!

Wenn Frauchen mich dann versucht abzutrocknen, nehme ich ihr das Handtuch ab.

Mit Bello stehe ich mittlerweile auf dem Kriegsfuß, Bello ist ein großer weißer Hirtenhund, außerdem ein Rüde und eigentlich nicht meine Gewichtsklasse.

Er wohnt nicht weit von uns weg, in derselben Straße und auf der gleichen Seite. Und oft wenn ich Gassi gehe, komme ich bei ihm vorbei. Dann muss ich ihm immer mal die Zähne zeigen und ihn anbellen, WUFF, WUFF! Er bellt dann laut und zornig zurück.

Mein Frauchen warnt mich immer und sagt: „Joschi, wenn der Bello dich ohne Leine erwischt, siehst du ‚alt‘ aus, stell dich lieber gut mit ihm."
Ich aber kann ihn nun mal nicht leiden!

Mit Bodo oder Ayca, die ich oft im Feld treffe, spiele ich gerne.

Beim Tierarzt waren wir auch
schon, da bekam ich meine Impfung. Im September war mir
sehr elend, ich bekam Halsschmerzen, Fieber und hatte gar
keinen Hunger und das will bei mir was heißen.
Frauchen brachte mich wieder zur Tierärztin, dort musste man
mir einen Maulkorb anlegen, um mir eine Spritze zu geben.
Ich hatte einfach keinen „Bock", die Tierärztin an mich her-
anzulassen.

Aber Frauchen war ganz lieb zu mir und pflegte mich. Gegen meine Halsschmerzen bekam ich einen Schal um den Hals gelegt.

Außerdem rieb mich Frauchen mit Franzbranntwein ein, Gassi ging ich nur ganz kurz, um mein Geschäft zu verrichten.

Ich hatte immer wieder Schüttelfrost. Doch am 4. Tag ging es wieder aufwärts und ich konnte auch wieder fressen, dank der guten Pflege meines Rudels.

WOW – WOW
WOW – WOUW!

Mein Herrchen ist ja auch immer sehr lieb zu mir, außer wenn es um das Fressen geht. Manchmal riecht es aber auch so gut in der Küche. Herrchen sitzt dann am Küchentisch und isst. Da meint er dann: „Joschi, es wird nicht gebettelt." Er ließ den Satz los, selbst fressen macht fett. Seitdem kommt mir keiner mehr an meinen Napf, wenn ich fressen will, WUFF, WUFF!

Frauchen drückt das liebevoller aus, sie sagt mir dann immer, dass Menschenfutter schlecht für mich ist und mich krank macht. Deshalb bekäme ich immer Hundefutter.

Ja, ja, so verging die Zeit und es wurde Weihnachten. Ich bekam einen schönen großen Knochen und ein Spielzeug, für mein Herrchen verkleidete ich mich als Weihnachtsmann.

Dann kam Silvester. Das war vielleicht aufregend! Mein Herrchen nahm doch wirklich an, ich hätte Angst vor den Raketen und dem großen Lärm. Er wollte mich immer wieder in mein Körbchen schicken.
Endlich war es dann so weit, die ersten Raketen wurden abgeschossen und Herrchen und Frauchen stießen mit Sekt an.

Ich war so aufgeregt und wollte unbedingt in den Garten hinaus und auf die Straße. Mein Rudel hatte es endlich kapiert und nahm mich an der Leine mit ans Hoftor, WUFF, WUFF!

Das war vielleicht toll, der ganze Himmel war hell erleuchtet und überall stiegen Raketen in den Himmel, WUFF, WUFF, WUFF! Das war ein ganz großes Erlebnis für mich.

Ende Januar 2001 gab es dann den ersten Schnee, WUFF, WUFF, wo man hinsah Schnee. Unser Familieriese tollte mit mir im Schnee herum und warf mit Schneebällen nach mir und ich versuchte sie zu fangen. Auch mein zweites Frauchen spielte mit mir im Schnee. Sie wollte mich einseifen, aber ich konnte ihr immer wieder entwischen, das war eine Gaudi, WUFF, WUFF!

Mittlerweile schrieben wir den 25.02.2001 und ich war jetzt ein Jahr in meinem neuen Zuhause, ich hätte es nicht besser treffen können, ich fühlte mich wie im Paradies, WUFF, WUFF!

Mein ganzes Rudel ist auch heute noch besorgt um mich und gibt mir viel Liebe.

Mein Herrchen nennt mich seit Neustem liebevoll „Suppen-huhn".

Ein Suppenhuhn und ich

Herrchen! Wie du siehst, spiele ich morgens, wenn alle weg sind, den Boss! Da liege ich dann auf deinem Sofa! Und auf deinem Kissen, WUFF, WUFF!

Manchmal mach ich es mir auch auf dem Sessel bequem, auf den ich eigentlich gar nicht darf.

Ich muss auch noch erwähnen, dass ich außer morgens nicht alleine bin, einer von meinem großen Rudel ist immer für mich da, WUFF, WUFF!

Wir schrieben jetzt das Jahr 2002. Es war 11 : 30 Uhr und mein Frauchen und ich gingen Gassi, wie immer der Straße entlang in den Feldweg hinein bis zum Ende und zurück.

Auf dem Rückweg sah ich Bello, WUFF, WUFF! Leider mein Frauchen auch, sie zog mich weg in einen Seitenweg. Das ließ ich mir nicht gefallen! Riss mich von der Leine los und rannte auf Bello zu.

Endlich konnte ich ihm mal zeigen, wer der Boss ist. Ich bellte ihn an, sprang an ihm hoch, WUFF, WUFF, WUFF! Was so viel hieß wie na Riese, was willst du denn? Komm her, wenn du dich traust!

Das war scheinbar zu viel für Bello, er packte mich und schleuderte mich auf den Boden.

Mein Frauchen kam angerannt und rief ganz aufgeregt: „Joschi, komm sofort zurück!" Als sie mich erreicht hatte, schnappte sie mich und schrie mich an: „Wie kannst du dich nur mit Bello anlegen, der ist doch viel größer als du?"

WUFF, WUFF, WUFF! Dem hatte ich es aber gegeben, es war mir unverständlich, dass sich alle so aufregten. Plötzlich sah mein Frauchen, dass ich blutete, hatte dieser blöde Hund mir doch wirklich in die Seite gebissen. Na warte, wenn ich dich noch mal erwische!

Leider war ich erst mal außer Gefecht gesetzt. Mein Frauchen brachte mich sofort zur Tierärztin. Die meinte dann, es wäre der Größenwahn aller kleinen Terrier, sich mit so großen Hunden anzulegen. Da ich sicher noch unter Schock stünde, könnte man die Wunde ohne Betäubung klammern.

Da sagte mein Frauchen doch ja und meinte: „Wenn er nicht hören will, muss er auch die Konsequenzen tragen. Fangen Sie ruhig an, ich werde ihn festhalten."

WUFF, WUFF, das war vielleicht ein Tag. Abends, als mein Herrchen heimkam, musste er sich meine Tat anhören. Er fing natürlich auch noch an mich auszuschimpfen. Aber das war noch nicht das letzte Mal, dass ich mich mit Bello anlegte.

Immer wenn ich jetzt leider auf der anderen Straßenseite vorbeigehe, fange ich an zu bellen. WUFF, WUFF! Vor allem wenn ich ihn nicht sehe, denn meistens hockt er hinter dem Eingangsgitter und bellt mich an, wenn ich komme.
Bei mir heißt WUFF, WUFF so viel wie na du Riese, sitzt hinter deinem Gitter und kommst nicht an mich heran, ha, ha, ha! Oh dann wird er zornig und bellt zurück, ich lasse ihn dann bellen. Und gehe weiter.

Ich war jetzt etwa 3 ½ Jahre bei meinem
neuen Rudel, da wurde plötzlich mein Herrchen schwer krank
und musste ins Krankenhaus.

Ich wurde dann nachmittags von der Schwester meines Frauchens, sie wohnt im Vorderhaus, betreut, bis mein Frauchen
vom Krankenhaus zurückkam.

Das war keine so schöne Zeit, ich hatte zwar weiterhin mein
Fressen, aber Herrchen, den ich lieb gewonnen hatte, war nicht
da und Frauchen hatte auch weniger Zeit.

Aber auch diese Zeit ging vorbei und hatte auch etwas Gutes.
Seit dieser Zeit ist mein Herrchen jetzt jeden Tag zuhause und
ich bin überhaupt nicht mehr alleine. Wir fahren auch viel mit
dem Auto spazieren, was ich besonders gerne mache.

Kurz nach Herrchens Krankenhausaufenthalt legte ich mich noch einmal mit Bello an.

Wir wollten ausnahmsweise wieder mal bei Bello am Haus vorbeigehen, da stand Bellos Frauchen und mein Herrchen unterhielt sich, ich hatte aber schon gesehen, dass das Gitter offen stand, Bello war aber noch nicht zu sehen.

Gerade als wir weitergehen wollten, stürzte Bello um die Ecke und auf mich, er biss mir in die linke Gesichtshälfte, da packte mich die Wut und ich biss ihm in die große Pfote und wollte ihn nicht wieder loslassen.
Da kam auch schon Bellos Herrchen dazu, alle vier versuchten uns jetzt auseinander zu bringen, sie kämpften mit allen Mitteln und hatten es endlich geschafft.

Ich glaube, wenn Bellos Herrchen nicht noch dazwischengegangen wäre und sogar noch von Bello in die Hand gebissen worden wäre, gäbe es mich vielleicht gar nicht mehr, WUFF, WUFF, WUFF!!

Wieder musste ich zur Tierärztin, die schüttelte über mich nur den Kopf.

Joschi, Joschi, was hast du nur wieder gemacht?

Ich bekam eine Narkosespritze und schlief bei meinem Frauchen auf dem Schoß. Meinem Frauchen sah man die Aufregung an.

Mein Frauchen erzählte mir dann, dass sie mich gehalten hätte, während die Tierärztin mir die Seite in der Nähe von meiner Schnauze klammerte.

Das war bis jetzt die letzte große Aufregung, die ich meinem Rudel beschert hatte.

Jetzt gehen wir andere Wege und fahren auch mal mit dem Auto irgendwohin, um Gassi zu gehen. Aber trotzdem liegen Bello und ich noch im Clinch, ich gehe durch das Hoftor und Bello fängt an zu bellen, er kann es einfach nicht lassen, ich muss natürlich zurückbellen, WUFF, WUFF, WUFF!

Mittlerweile schreiben wir das Jahr 2006 und ich bin jetzt etwa 6 ½ Jahre in meinem neuen Zuhause. Ich habe noch so viel zu erzählen und fange deshalb auch gleich an. WUFF, WUFF, WUFF!

Von der Frau im Vorderhaus habe ich euch ja erzählt.
Dort hol ich mir immer zwei Leckerlis ab.

Sie ruft: „Joschi!"

Ich drehe mich um

und sehe nach, ob die Luft rein ist.

Dann renne ich ganz schnell die Treppe hoch und zu ihr in die Küche.

Dort hat sie nämlich Leckerli im Schrank versteckt. Ich mache WUFF, WUFF und bekomme zwei Stück, die klemme ich mir zwischen die Zähne und dann gleich ab in den Garten damit! Dort werden sie erst mal versteckt, denn wenn ich Lust auf

Leckerli habe, ist das meine eiserne Reserve.

Natürlich bekomme ich immer genug zu fressen, aber man weiß ja nie, WUFF, WUFF!
Als ich sie mir wiederholen will, sind die doch verschwunden!
„WUFF, WUFF!! Wer hat mir die geklaut?" Da kommt mir

Herrchen schon entgegen mit den Leckerli in der Hand und sagt: „Joschi, du bist mir vielleicht ein Schlawiner, versteckst schon die Leckerli im Garten."

Also eins weiß ich, die nächsten werden vergraben, die findet außer mir keiner mehr, WUFF, WUFF!

Es ist Sommer und ich kann jetzt viel Zeit im Freien verbringen. Morgens liege ich jetzt vorm Tor und verteidige mein Revier!

Immer wenn ein Hund vorbeikommt, der mir mein Revier streitig machen will, renne ich am Tor entlang und belle ihn ganz böse an, WUFF, WUFF, WUFF!

Letztens habe ich aus Versehen sogar Ayca angebellt, die war vielleicht erschrocken. Aber wir haben uns gleich wieder versöhnt, WUFF, WUFF!

Ach, es ist ja so traurig, ihr kennt ja Bello, den gibt es leider nicht mehr.

Mein Frauchen hat mir erzählt, dass er gestorben sei und jetzt im Hundehimmel ist.

WOW, WOW, WOW, WOUUUH!

Jetzt habe ich keinen, den ich mehr ärgern kann. Der arme Kerl konnte fast nicht mehr laufen, ich habe das von Weitem genau beobachten können, WUFF, WUFF!

Wenn ich auch nicht gut auf ihn zu sprechen war, tut es mir jetzt doch Leid, dass er gestorben ist, WUFF, WUFF!

Was mich aber sehr nachdenklich und traurig stimmt, ist die Tatsache, dass zwei Wochen später schon wieder ein neuer, gro-ßer, weißer Hund hinter dem Gitter liegt.

Da frag ich mich doch, was passiert, wenn es mich nicht mehr gibt, hat mein Rudel dann auch gleich wieder einen neuen Hund, der mein Revier einnimmt?
Denken sie dann noch manchmal an mich, oder haben sie mich ganz schnell vergessen? Ich kann mir das gar nicht vorstellen, WUFF, WUFF!

Ich glaube, mein Frauchen hat mir angesehen, dass ich traurig bin. Sie nimmt mich auf ihren Schoß, streichelt mich.

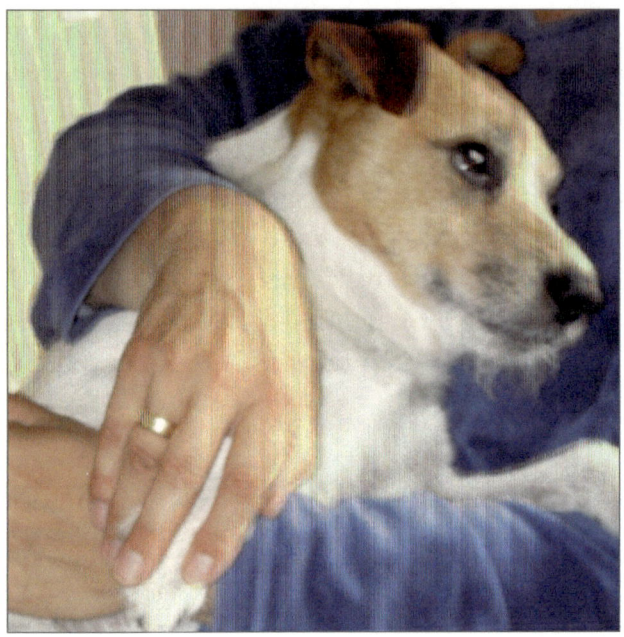

Sie sagt: „Joschi, sei nicht traurig wegen Bello. Ein anderer Hund hat seinen Platz eingenommen.
Jedes Geschöpf, ob Mensch oder Tier, ist einmalig und Bellos Frauchen wird ihren Bello auch nie vergessen …

Aber es ist halt so leer und einsam und da hilft manchmal nur, wenn man sich gleich wieder einen neuen Hund holt.
Meistens auch die gleiche Rasse.
Man ist dann nicht ganz so traurig." Sie hat mich noch mal richtig doll gestreichelt und geknuddelt.

„Wenn du nicht mehr bei uns bist, werden wir dich trotzdem nie vergessen und auch keinen anderen Hund mehr holen. Joschi, du bist und bleibst für uns einmalig und etwas ganz Besonderes. Das hat mir richtig gut getan, WUFF, WUFF, WUFF!!!

Noch lebe ich!
Ich bin zäh und werde mindestens achtzehn Jahre alt, hoffent-lich!!

Da wir jetzt wieder am Haus vorbeigehen, habe ich schon mit dem neuen Hund Kontakt aufgenommen.

Wir haben uns beschnuppert und ich verstehe mich mit ihm bestimmt besser als mit Bello.

Jetzt verstehe ich Gismo besser, das ist der Hund, weswegen ich verkauft wurde.

Denn auch meine Freundin Rina, die Schä-ferhündin, ist gestorben und auch da gibt es schon wieder eine neue Hündin.

Die war jetzt bei uns im Garten, sie ist noch ein Welpe und heißt Jersey.

Es war so heiß an dem Tag und dieses kleine Hundemädchen wollte immer wieder mit mir spielen und rannte mir hinterher. Trotzdem ich sie in ihre Schranken verwies. Obwohl ich sie einige Male anbellte, ließ sie mir keine Ruhe.

Da musste ich an Gismo denken, dem ist es mit mir genauso ergangen.

Außerdem werde ich ja im November acht Jahre alt und habe nicht mehr die Lust, mit den „jungen Wilden" herumzuspringen. WUFF, WUFF!

Ich hatte die Schnauze voll, war so genervt und habe mich ins Haus zurückgezogen, da konnte sie nicht hin.

Ach, endlich hab ich meine Ruhe, WUFF, WUFF, WUFF!

Seit Neuestem haben wir einen Maulwurf im Garten. Mein Herrchen hat schon mit allen möglichen Mitteln, die es zu kaufen gibt, versucht ihn zu vertreiben. Ohne Erfolg!

Erst war er im Blumenbeet.

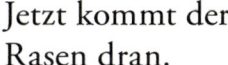

Jetzt kommt der Rasen dran.

Dieser Frechdachs kommt immer wieder.

Die Aufgabe habe ich jetzt übernommen, WUFF, WUFF!

Mein erster Weg ist morgens jetzt, die Plätze abzusuchen, wo er schon überall war.

Wieder einmal liege ich auf der Lauer und warte, was sich tut.

Plötzlich stößt er wieder die Erde hoch, sofort fange ich an zu buddeln, um ihn zu fangen, meint ihr, das stört ihn?

Nein, ihn stört das gar nicht. Na warte, irgendwann kriege ich dich doch noch, WUFF, WUFF, WUFF!

So, jetzt muss ich mich erst mal stärken, ich gehe was fressen und dann komme ich wieder, mein Freund, WUFF, WUFF, WUFF!

Das Fressen war sehr gut, es gab Huhn mit Lachs, hm, hm, lecker!

Eigentlich sollte ich mich ja nach dem Fressen ausruhen. Ich bin so richtig träge, aber dieser Maulwurf geht mir nicht mehr aus dem Kopf!

Er verfolgt mich am Tag und in der Nacht.
Manchmal träume ich davon, wie ich ihn fange!

Also schnell wieder in den Garten und nachsehen. Das darf
doch nicht wahr sein, kann man,
nicht mal in Ruhe fressen gehen? In der kurzen Zeit hat er
schon wieder gestoßen.

Ein schöner, großer, neuer Hügel tut sich vor mir auf.

Da hat mich aber die Wut gepackt,
WUFF, WUFF, WUFF, WOW, WOW, WOW, WOU-
UUUH!!

Du blöder Maulwurf, ich habe von dir die Nase voll. Ich mache deine Spielchen nicht mehr mit! Verschwinde endlich aus unserem Garten!

All das habe ich ihm vorgebellt. Außerdem habe immer feste gebuddelt und den Hügel markiert.

Wenn du nicht bald aus unserem Garten verschwindest, dann ziehe ich dich direkt mit meiner Schnauze aus deinem Maulwurfloch.

Seit diesem Tag ist er aus unserem Garten verschwunden.
Endlich habe ich wieder Ruhe!!

Meinem Herrchen habe ich damit einen großen Gefallen getan
und er hat mir einen großen Knochen dafür gegeben, WUFF,
WUFF!!

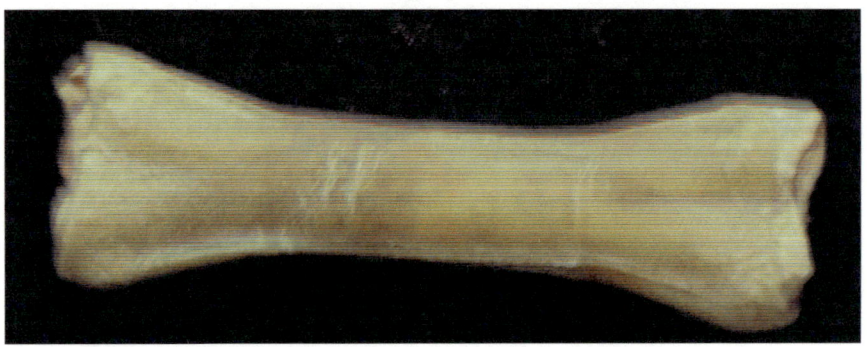

Bei so einer großen Belohnung muss ich mir wirklich überlegen,
ob ich nicht zukünftig auf Maulwurfjagd gehe.
Es lohnt sich, WUFF, WUFF!

Im Garten ist es mir jetzt zu heiß, denn es ist ja Hochsommer draußen.

Und von den vielen Abenteuern und vom vielen Erzählen derselben bin ich sehr, sehr müde geworden.

Darum gehe ich ins Haus und werde mich mal auf dem Sofa breitmachen. Dort ist es schön kühl.

Gute Nacht! WUFF, WUFF, WUFF!

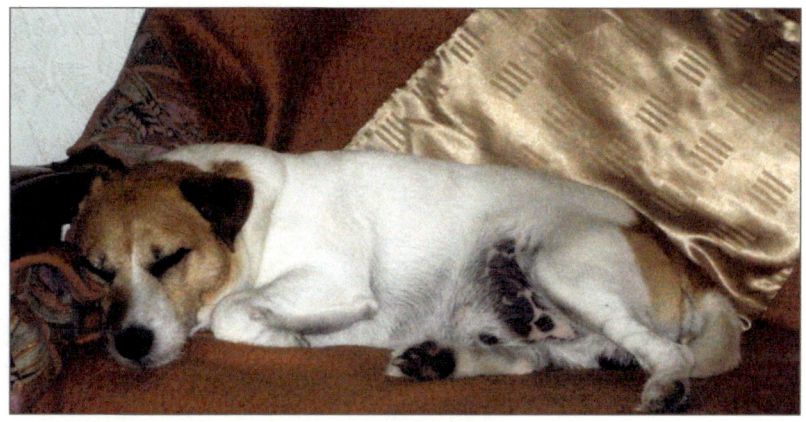

Schlusswort von Joschi an alle Leute da draußen!!

Ihr habt jetzt viel über mich, mein Zuhause und mein Hunde-
dasein erfahren.
Ich hoffe, es hat euch gefallen.
Ich wünsche mir, dass es allen Hunden so gut geht wie mir.

Alle diese Geschichten hat mein Frauchen anstelle von mir
erzählt und ich finde, sie kann gut nachempfinden, wie ich
mich fühle.
Am schönsten wäre es, wenn es alle Tiere auf dieser Welt so
gut hätten wie ich, doch leider werden immer noch Tiere miss-
braucht und gequält!!

Das muss unbedingt
aufhören

WUFF,
WUFF,
WUFF!!!

Denn wie heißt es
so schön: „Quäle nie
ein Tier zum Scherz,
denn es fühlt wie du
den Schmerz."